그리워서 사랑이다

金英浩 詩集

詩作 所感

수년 전부터 시를 미숙하게 쓰며 1,000수의 시를 쓰겠다는 욕심을 부렸다. 6년여의 작업 끝에 겨우 500수를 썼다. 낙서에 지나지 않는지 모르면서도 숫자만 억지로 채우려고 욕심을 부린 것 같다.

누군가 '시는 경험이다.'라고 하였는데, 경험이 적어 신문 기사에서 소재를 얻거나 T.V 뉴스 등을 보고 자판기 앞에 앉아 시를 쓰다 보니 살아 있는 느낌이 들지 않는 것 같다. 능력이 없는 자의 변명이라고 지적해도 어쩔 수가 없다.

지독하게도 코로나가 지구촌을 괴롭히고 있고, 한반도에서는 거짓말까지 창궐했다. 세상을 떠나는 자가 속출했고, 진영 논리에 매몰되어 인간성까지 상실하여 시에 매달렸지만 만족할 만한 작품은 아직 없다.

현재까진 없다 하더라도 시다운 시를 언젠
가 한 수라도 건질 수 있다면 다행이라고
생각한다.

2022년 8월 22일

金 英 浩

차   례

I. 낚을 수가 있을까

Ⅱ. 다시 만날 수 있다면

V. 눈시울이 뜨겁다

I. 낡을 수가 있을까

1. 껍데기의 고백

수평선이 까마득한 날
개펄에서 물때를 기다리다
세상으로 끌려나와 껍데기가 되었다
몸통은 어떻게 사라졌는지 모르고
속은 알 수 없게 비어 있어
눈총을 받으며 광장에 버려졌다
그래도 살아남으려고 몸부림쳤지만
세상 끝으로 자꾸만 밀려났다

깨지고 부서지는 광장에선
바깥은 안을 볼 수 없고
혹시 안에서 바깥을 보더라도
보이는 것은 아무 것도 없다
다만 칼바람을 따라온 헛소리가
희망도, 절망도 보이지 않는
동공을 뚫고 먼지처럼 쌓였다

부서지는 세월은 이어져
찰나와 억겁이 마주친 듯
싸늘한 대지에서 튀어 오르며

어두운 하늘을 돌아오는
마지막 절규마저 스러졌다
곁을 주던 그림자들도 떠나가
남은 것은 작은 부스러기뿐
헛소리만 울려 퍼지는 광장에
낯선 깃발이 나부끼고 있다

2. 아니다

어린 애도 아닌 어른이
전쟁도 아닌
위협에 겁을 먹다니
이것은 아니다

식량을 주며
고맙다는 말은 못 듣고
뺨을 맞아 얼얼하니
이것도 아니다

인권은 차고
인도를 고집하며
자기가 옳다고 하니
그것은 아니다

술수에 속아
독재자만 바라보며
신음 소리를 외면하니
그것도 아니다

3. 잊으리라

어지러운 세상
모두가 떠나가고

혈육을 잃어버린
비극의 고통을 참으며

긴 세월 하루 같이
세상을 뿌리치며 잊으리라
*
어수선한 세상
모두가 돌아서고

혈육을 비난하는
배신의 아픔을 견디며

긴 세월 하루 같이
세상을 물리치며 잊으리라

4. 공짜 전쟁

연금을 많이 준다고
펴주며 표를 얻겠네

아동 수당도 준다고
기부 천사는 아니네

청년 수당을 준다고
세금 거둬서 준다네

공짜 전쟁이 터지고
국민 주머니 털리네

5. 그런가요

탄핵 촛불 시위에
한 번이라도 참여했냐고요
참여했으면 손들어 보라고요

그런가요?

노회장의 답변이
마음에 들지 않는다고요
조폭처럼 윽박지르는가요

그런가요?

6. 야사굼부

하얀 눈처럼
눈빛이 맑아서
하늘이 내려준 미다스

그 어느 누가
찾을 수가 있나
눈빛이 맑은 사람이지
            *
거친 땅에서
눈보라 견디어
설산이 안겨준 노다지

그 어느 누가
가질 수가 있나
눈보라 견딘 사람이지

* 야사굼부 : 히말라야 고산지대에서 자라는
   동충하초

7. 꿈은 달아나 버렸다

낙엽이 떨어질 때
의혹이 불길처럼 번지며
민중이 거리로 뛰쳐나왔다

거대한 불꽃을 밝히며
한 시대를 무참히 무너뜨려
꿈은 달아나 버렸다
*
눈보라 흩날릴 때
함성이 파도처럼 퍼지며
군중이 거리를 휘어잡았다

거창한 불꽃을 흔들며
한 시대를 철저히 밀어내어
꿈은 달아나 버렸다

8. 거저 오지는 않는다

진정 오리라는
부풀은 희망만으로
자유는 오지 않는다
거저 오지는 않는다

정말 오리라는
어설픈 기대만으로
평화는 오지 않는다
거저 오지는 않는다

단지 오리라는
순진한 소원만으로
통일은 오지 않는다
거저 오지는 않는다

9. 하늘로 떠났다

그제
졸속에게 불려가
지쳐 돌아왔다

어제
오만에게 잡혀가
눈물을 흘렸다

오늘
거만에게 끌려가
하늘로 떠났다

10. 손가락이 아프다

동지가 아니니
두 팔을 맞잡아
손가락이 아프다

진영이 다르니
몸싸움 벌이며
손가락이 아프다

이념이 달라서
글자판을 눌러
손가락이 아프다

11. 못다 핀 꽃잎

거친 들판에
장미꽃이 피지 않았다

쟁기를 들어
밤낮으로 고통을 심었다

피가 스며들고
땀방울이 흘러들었다

새 싹이 돋아나
개화의 숨소리가 들렸다

승냥이가 날뛰며
기름진 땅을 엎었다

못다 핀 꽃잎이
서글픈 시체처럼 누웠다

12. 언제나 꿈꾸었지

어릴 때 꿈꾸었지
청운의 뜻은 아니지만
별을 따서
머리맡에 놓고 보겠다며
끝없는 우주를 날아다니는
공허한 꿈을
                *
늙어도 변함없지
청운의 꿈은 아니라도
별을 따서
손자에게 보내 주겠다며
무한한 우주를 뛰어다니는
허무한 꿈을

13. 이상한 공약

안개 낀 광장에서
무슨 공약을 하였다고
그리 모지나

비 오는 광장에서
하늘로 날아갈 공약이
어찌 질기나

*

먼지 낀 거리에서
어떤 공약이 있었다고
그리 험하나

눈 오는 거리에서
땅으로 사라질 공약이
어찌 드세나

14. 야수

발걸음 멈춰
빨간 벽돌을 집어
내던지며 쏘아보았다

발걸음 옮겨
노란 죽창을 들고
휘두르며 째려보았다

발걸음 돌려
검은 주먹을 쥐고
가격하며 노려보았다

15. 낚을 수가 있을까

동맹국이며 거대한 A가
만만한 고래일까

짝사랑하는 잔인한 B는
선량한 메기일까

동반자라는 흉포한 C가
인자한 상어일까

낚시인지 미끼인지 D는
낚을 수가 있을까

16. 뼈저린 슬픔이다

잊고 싶더라도
잊지 않아야 한다

바다에서 숨진
참수리의 용사를

세월이 지나도
뼈저린 슬픔이다

*

잊으라 하여도
잊지 말아야 한다

바다에서 숨진
천안함의 병사를

세월이 흘러도
뼈저린 슬픔이다

17. 눈빛이 슬프다

흥분한 거리에서
동지가 동지를 적이라고
손가락질하며 눈총을 쏘다

씁쓸한 거리에서
동지는 동지를 바라보며
눈빛이 슬프다

    *

살벌한 광장에서
동지가 적들을 동지라고
소릴 지르며 눈알이 빨갛다

외로운 광장에서
동지는 동지를 쳐다보며
눈빛이 슬프다

18. 대업을 이뤘다

진실을 뒤집어
미꾸라지처럼 세상을 흐려
거짓말쟁이가
역사를 바꾸는 대업을 이뤘다
*
세상을 속이다
거짓이 탄로나 지하로 숨어
거짓말쟁이가
알거지가 되는 대업을 이뤘다

19. 소리 지를 수 없다

험난한 땅에서
새파란 낫으로 꺾이며
외마디 한 번을 지를 수 없다

괴로운 땅에서
굵직한 톱으로 잘리며
고함 한 번을 지를 수 없다

고단한 땅에서
묵직한 삽으로 뽑히며
비명 한 번을 지를 수 없다

20. 어깨를 붙잡다

갈 곳은 없어
봇짐을 메고

갈 수도 없는 나라
죽어도 가려나

접경의 강을 건너며
어깨를 꼭 붙잡다
*
머물 곳 없어
희망을 걸고

갈 수도 없는 나라
죽어서 가려나

급류가 둘을 갈라도
어깨를 꼭 붙잡다

신문기사를 읽고 (2019. 7. 9)

* 리오그란데 강을 건너 미국으로 밀입국하려던 25
세 아빠와 두 살배기 딸이 급류에 휩쓸려 숨지다.

21. 슬픔이 없는 곳으로

사랑을 잃었다면
거리를 방황하여

뭉게구름 흘러가는
슬픔이 없는 곳으로

그대를 부르며
갈 수 있을까요
*
사랑할 수 없다면
강산을 방랑하여

푸른 강물 흘러가는
슬픔이 없는 곳으로

그대를 그리며
갈 수 있을까요

22. 따듯하리라

살기 힘들어도
싫증 내지 않고
부드럽게 말할 수 있다면
세상은 온화하여
그대 마음은
얼어붙은 두 볼을 어루만지는
햇빛처럼 따듯하리라
*
살기 어려워도
짜증 내지 않고
상냥하게 웃을 수 있다면
세계는 다정하여
그대 가슴은
초가집 창문에서 흘러나오는
불빛처럼 따듯하리라

23. 너무 긴 통화

아침부터
할 말이 많아
참새처럼 재잘거렸어

점심에는
할 말이 쌓여
들개처럼 소리 질렀어

저녁에도
할 말이 남아
부엉이처럼 울어 댔어

긴 말들이
재잘거리며
마라토너처럼 달렸어

24. 읽을 수 없다

바다에서 보낸 편지는
소리 내어 읽을 수 없다

가라앉는 세월호에서
휴대폰으로 쓰는 편지

침몰하는 세월호에서
눈물 흘리며 쓰는 편지

숨 막히는 세월호에서
마지막으로 쓰는 편지

바다에서 보낸 편지는
소리 내어 읽을 수 없다

25. 거짓을 부르짖었다

거짓을 낳고 기르며
거짓의 아버지가 가슴이 뜨겁다고
분열의 광장에서 소리쳤다
거짓을 정의라며
거짓을 끝도 없이 부르짖었다
*
거짓을 낳고 키우며
거짓의 어머니가 가슴이 뜨겁다고
분쟁의 거리에서 소리쳤다
거짓을 진실이라며
거짓을 때도 없이 부르짖었다

26. 별을 보았다

초저녁에
별을 보았다
도시에선 볼 수 없는
별은 노래하고 있었다

꿈을 꾸듯
별을 보았다
시내에선 사라진
별은 미소를 머금었다

새벽까지
별을 보았다
빌딩에선 뵈지 않던
별은 잠자리에 들었다

Ⅱ. 다시 만날 수 있다면

1. 그 길 끝에는

길지도 않은 인생
거짓에 취해
거짓을 길게 토해냈다
진실이 밝혀져도
돌아올 수 없어
눈을 치켜뜨지만
어두운 그 길 끝에는
양심의 소리가 들려오리라
*
짧지도 않은 인생
거짓에 빠져
거짓을 한껏 뱉어냈다
진실이 드러나도
돌이킬 수 없어
눈을 부라리지만
차가운 그 길 끝에는
진실의 소리가 들려오리라

2. 사랑은 떠나갔다

봄이 오며 푸른 냇가에
나뭇잎 배 띄워
소녀가 사랑을 꿈꾸었다

여름 문턱에 비바람 몰아쳐
꽃 같은 사랑은
머나 먼 강으로 떠나갔다

*

가을 오며 파란 강가에
종이배를 띄워
소년이 사랑을 꿈꾸었다

겨울 초입에 눈보라 몰아쳐
별 같은 사랑은
머나 먼 바다로 떠나갔다

3. 청개구리의 노래

절벽이 무너지며
큰 바위가 굴러 와서
풀잎이 아우성치며 쓰러졌다

신음 소리 들려오건만
노련한 귀를 닫고
큰집 청개구리는 콧노래를 불렀다
*
폭풍이 불어오고
큰 가지가 부러져서
꽃잎이 몸부림치며 떨어졌다

고통 소리 들려오건만
영악한 귀를 막고
작은 청개구리도 콧노래를 불렀다

4. 뼈는 멸실되지 않는다

뼈는 절대자도 아니고
전능한 신도 아니지만
묵묵히 일하는 수호신이다
일어나고 달리고 오르내리며
에베레스트를 정복한다

뼈는 삶의 끝자락에서
몸을 내려놓으며 눕지만
죽음보다도 견고하여
불사조처럼 사라지지 않고
멸실되지 않는다

뼈는 세월이 흐르면
부활하리라 믿어
칠흑 같은 문이 열리는 날
침묵의 옷자락을 털고
해쓱하게 미소를 짓는다

5. 그대를 사랑하여

산을 넘어
멀리 있다고
외롭지는 않다
그대를 사랑하여

강을 건너
멀리 있지만
슬프지는 않다
그대를 사랑하여

바다 건너
멀리 있어도
괴롭지는 않다
그대를 사랑하여

6. 밤비 내릴 때

밤비 내릴 때
눈을 뜨면

강 건너
나룻배 저어

그리운 얼굴
다가온다
　　*
밤비 내릴 때
귀를 열면

강 건너
조약돌 굴러

반가운 사랑
들려온다

7. 인연은 아니겠습니다

갈바람 부는 갈대밭 둥지에
누군가 몰래 거짓을 낳았습니다
작은 새가 불평 한마디 없이
거짓의 알을 품었다면
인연은 아니겠습니다

거짓이 껍질을 깨고 나와
진실을 둥지 바깥으로 떨어뜨리고
날갯죽지로 형제를 밀쳐냈습니다
작은 새가 눈물을 글썽이고
갈댓잎이 불안한 듯 사각거렸다면
인연은 아니겠습니다

눈망울이 가득 젖은 작은 새는
쉴 새 없이 먹일 물어 날랐습니다
바람 불어와 갈대가 휘청거리며
이상한 아이의 빨간 목구멍이
작은 새의 머리보다 컸다면
인연은 아니겠습니다

고달픈 날개를 접은 때쯤
숲에서 검은 물체가 어른거리고
아이가 한마디 말도 없이 날아가
작은 새가 허전하고 쓸쓸했다면
인연은 아니겠습니다

8. 해바라기

임을 쫓아
동그란 얼굴
긴 목을 한껏 뽑았다

임은 몰라도
종일 바라보다
해질 녘 고갤 떨궜다
                    *
임을 닮아
동그란 얼굴
긴 목을 힘껏 뽑았다

임이 몰라도
매일 기다리다
새까만 눈물 맺혔다

9. 지구촌

수평선 저 끝이
언제 아득했는지

커다란 지구가
언제 작아졌는지

머나먼 나라가
마을이 되었는가
*
지평선 저 끝이
언제 아득했는지

널따란 지구가
언제 좁아졌는지

모르는 사람이
이웃이 되었는가

10. 가을날 사랑

바람 부는 언덕에
고추잠자리 여행 가고
청량한 가을날 언덕에서
그대가 임을 그리며
이슬처럼 맑은 눈을 뜨면
눈동자는 더욱 빛나겠지
*
달빛 어린 숲속에
귀뚜라미 노래 부르고
삽상한 가을날 숲속에서
그대가 임을 그리며
능금처럼 붉은 꿈을 꾸면
볼우물은 한결 예쁘겠지

11. 멀다

다가갈 수 없어
사랑과 증오만큼
너와 나는 멀다

말을 할 수 없어
전쟁과 평화만큼
너와 나는 멀다

바라볼 수 없어
이승과 저승만큼
너와 나는 멀다

12. 내가 사랑한다면

순수한 그대를
내가 사랑한다면
뜨거운 사막을 걷는
외로운 방랑자가 되리

어여쁜 그대를
내가 사랑한다면
안데스 산맥을 나는
용감한 독수리가 되리

고상한 그대를
내가 사랑한다면
클래식 음악을 듣는
즐거운 명상가가 되리

13. 산에는 있으리

고요한 산에는 꽃이 있으리
홀로 피고 지는 꽃이 있으리

한적한 산에는 바람 있으리
홀로 불고 멎는 바람 있으리

적막한 산에는 새가 있으리
혼자 날고 쉬는 새가 있으리

쓸쓸한 산에는 나무 있으리
혼자 살고 죽는 나무 있으리

14. 항해

밤하늘
별들이 돋아나고

풍랑이
배를 움켜쥐면

파도를
힘껏 끌어안아

외항선
삼바 춤을 추고

물결도
이내 잠이 들어

청춘은
바다를 꿈꾼다

15. 레닌그라드에서

죽으나 사나
먹을 게 있어야 했던 시민
벽지와 혁대와 가방을 뜯고
얼어 죽은 말을 챙겼고
개와 고양이도 식탁에 올랐다

죽은 자와 죽어가는 자의 도시
외딴섬 같은 레닌그라드
배고파 악기를 들기도 힘든 시민
교향곡 제 7번 '레닌그라드'
눈물로 연주하며
전쟁을 잠시 잊었다

기다리던 봄이 오며
얼었던 도시가 녹고
땅을 갈아 배추를 가꾼 시민
죽어가면서도 음악으로 일어서며
기아와 공포의 872일을 극복했다

신문 기사를 읽고 (2019. 10. 30)

16. 몽마르트의 순교자

종교가 다르다고
이교도에게 거부당한 드니 주교
모진 고문을 받고 참수되는 날
예리한 칼날을 목덜미로 느꼈지만
건장한 몸은 여전히 살아 있었다
하늘나라로 오를 때
굳게 마음먹은 바 있고
영혼은 아직 떠나가지 않았다
목에선 빨간 피가 치솟고
머리는 땅바닥에 떨어져
주교는 머릴 두 손에 받쳐 들고
몽마르트 언덕 위로 향했다
두 눈은 먼 길을 안내하고
입으로 찬송가를 부르다
파리 북쪽 외곽에 멈췄지만
순교자의 근엄한 걸음은
여기서 끝나진 않았다
그가 걸어와 멈춘 자리에
생 드니 성당이 들어서고
주교를 닮은 후예들의 입에서
신비한 행보는 계속 이어졌다

신문기사를 읽고 (2019. 10. 30)

17. 머물 수 있다면

연인의 눈동자에서
사라지는 순간
사랑은 떠나가니

맑은 눈동자에
머물 수 있다면
사랑은 기쁨으로 넘치리
*
연인의 가슴에서
떠나가는 순간
사랑은 돌아서니

뜨거운 가슴에
머물 수 있다면
사랑은 행복으로 넘치리

18. 장벽은 무너지리

베를린 장벽이 무너진
세계사의 한 획을 그은 날
서울 올림픽 다음 해
큰아이 생일날이니
이른바 1989년 11월 9일
승전국이 외려 두려워서
패전국의 도시를 분할했던
장벽이 무너지다
*
한반도 장벽이 무너질
세계사의 큰 획을 그을 날
한국 평화 통일의 해
큰아이 생일날이니
미루어 2025년 11월 9일
패전국은 외려 분할 않고
한민족의 가슴을 갈라놓은
장벽은 무너지리

19. 들녘에서

주름살 늘며
먼저 떠난 사랑
흐린 눈가에 어리면

황금 들녘에
날아드는 참새
어둔 귓가에 들리다

외로운 노인
가을걷이 끝나
보름달을 짊어지면

어두운 들녘
꼬리 흔들면서
멍멍이 마중 나오다

20. 동행

그대와 함께
따듯한 손을 잡고
미지의 땅 찾아갈 때
꽃길이 아니어도 좋으리

먼 길이라도
험난한 길이라도
마주 보며 걸어갈 때
가시밭길이라도 좋으리

그 길가에는
맑은 음성 들리고
사랑이 미소 지어서
발걸음도 가벼워 좋으리

21. 먼 나라에서도

탱고가
아마존 강을 건너
안데스 산맥을 달려오다

먼 나라에서도
정열은 같아
탱고를 따라 춤을 추다

*

상송이
파리 센 강을 흘러
알프스 산정을 날아오다

먼 나라에서도
감흥은 같아
상송을 따라 노래하다

22. 다시 만날 수 있다면

바람 따라 길을 걷고
구름 따라 강을 건너면
저무는 가을 들녘에서
어린 시절 뛰어놀던
그리운 얼굴이 보고 싶다

고향 떠나 삶에 찌들며
오십 년 세월이 흘러도
다시 만날 수 있다면
어린 시절 속삭이던
풋사랑 얘기 하고 싶다

23. 같을 거다

아기가 태어나
첫울음을 터트릴 때
어버이 마음은 같을 거다

위대한 일보다는
좋은 일을 하길 원하고
유명한 사람보다
좋은 사람이 되길 바라며

아기가 자라나
세상에 나아갈 때도
어버이 마음은 같을 거다

24. 늙은 개코원숭이

남아프리카에서 인도양으로 흐르는
잠베이지 강 어디쯤
호수 옆 나뭇가지에 앉아 있는
늙은 개코원숭이

건기가 기승을 부리면
임팔라와 물소가 갈증을 달랠 때
사자는 물소를 덮치고
악어는 임팔라를 물어뜯어
사자의 포복과 악어의 기습을 알려주는
늙은 개코원숭이

천둥이 평원을 때리며 달려와
다른 무리들은 떠나가고
땅바닥 둥지에 눕는 한밤
표범이 불을 켜며 달려들어
어제처럼 태양은 떠오르는데
찢긴 몸이 나무에 걸려 있는
늙은 개코원숭이

25. 단 한 번뿐이니까

젊은 날에 철없고
청춘은 방황도 했지만
여생을 헛되이 보내지 않으리
인생은 단 한 번뿐이니까

고독은 단지 넋두리
고민은 사치일 뿐
불행하다는 말은 하지 않으리
인생은 단 한 번뿐이니까

들에서 작은 꽃을 찾고
베토벤에 어둔 귀 기울이고
텃밭에 상추와 배추를 심으리
인생은 단 한 번뿐이니까

26. 위험하다

곡예사가 아닌 호랑이가
외줄을 탄다면
위험하다
밀실에서 서로 짜고
신성한 광장에 나와
음모를 감춘 앞발을 휘두르면
위험하다
잔꾀를 피우다
술수가 드러나는 날
호랑이라고 소문났지만
닭이라고 손가락질 받으며
자칫 명성을 흐릴 수 있어
위험하다
하물며 호랑이답지 않게
연줄을 꺼내며
공과 사 눈금을 읽지 못하면
닭의 꼬리에 지나지 않기에
위험하다

Ⅲ. 진실은 살았는가

1. 설전

펜이 칼보다 강하다고 말들 하지만
혀는 그 펜보다 독하다고 을러댔다
국가의 부름을 받았다며
열혈 병사처럼 한달음에 달려가
혀는 광장과 거리를 속속 메웠다
이른 아침에 첫인사를 나누었지만
마치 오랜 친구인 양 끌어안았다
동지애로 똘똘 뭉친 혀가 소리치며
플라타너스 이파리를 흔들었고
무거운 하늘로 솟구쳤다

지난날 독재와 탄압에 저항하며
정의와 진실을 외쳤던 혀
언제부턴가 의혹 덩어리를 입에 물곤
불의와 거짓을 부르짖었다
이름난 논객도 무대에 뛰어들어
예리하게 다듬은 혀를 내밀며
정의를 묵살하고 진실을 짓밟았다

함박눈이 어지럽게 내리는 한겨울에도

남극의 펭귄처럼 빼곡히 모여
독설을 퍼붓는 혀가 맞붙는 혈전
눈에서도 광기를 내뿜으며
아침노을이 빨간 얼굴을 감쌀 때까지
방아깨비처럼 허공에 주먹질하고
혀는 망나니처럼 칼춤을 추었다

2. 겨울비

겨울도 아닌 여름에
겨울 왕국 눈을 뿌릴거나

여름도 아닌 겨울에
삼일 동안 비를 뿌리다니

겨울이 겨울답다면
보리밭에 눈이 쌓이거나

진정한 겨울이라면
북극처럼 얼어붙어야지

3. 눈물은 아름답다

눈가에
이슬이 맺힐 때
투명한 눈물은
백합꽃처럼 아름답다

첫사랑을 잃고
흐르는 눈물은 순수해서 아름답다
용기를 잃지 않고
일어서며 맺힌 눈물도 아름답다
슬픔을 이겨내며
소맷자락으로 닦는 눈물도 아름답다

눈물이
눈가를 적실 때
이슬 같은 눈물은
백합꽃처럼 아름답다

4. 전범 세 명

김일성이 말했다, 깃발을 들어라!
모택동이 소리쳤다, 꽹과리를 울려라!
스탈린이 외쳤다, 낫을 휘두르라!

스탈린이 죽고, 낫은 부러졌다
모택동이 죽고, 꽹과리는 깨졌다
김일성이 죽고, 깃발은 찢어졌다

스탈린을 한때 가두었다
모택동도, 김일성도 가두었다
유리관에 눕혀 박제된 우상이 되었다

5. 봄날을 그리고 있다

겨울바람이 휘파람을 불며
계곡을 오르고 능선으로 달려와
나뭇잎을 단발머리처럼 날리고
벌거벗은 나무는 오들오들 떨며
햇빛을 온전히 건져 올려
추위를 견디고 있다

날이 짧아지며 그림자마저 떨고
늦가을부터 몸져누운 낙엽
겨울나무의 시린 발목을 덮어
찬바람을 온몸으로 막아내고
자신을 온전히 물려주며
봄날을 그리고 있다

6. 악몽

오랜 직장 동료였지만
알 수 없는 진위를 붙들고
서로가 자신이 옳다고 다투어
하루아침에 세상이 혼란스러웠다
서쪽 하늘에서 황사가 날아오는 날이면
참은 갈 길을 잃어 방황하고
거짓은 날개를 달고 강산을 누볐다
북쪽 산맥에서 차가운 공기가 내려오면
몽유병자처럼 거실에서 헤매어
창문에 날아든 까치가 까마귀로 바뀌고
골목에서 바람은 늑대처럼 울부짖었다
남쪽 바다가 아픈 세월을 흔드는 날
진위를 다투던 동료가 나타나서
까마귀와 늑대가 두렵냐고 물었고
내 꿈과 동일하냐고 되물은 후
세상이 혼란스러워 이상하다고 답했다

머나먼 대양에서 먹구름이 달려오는 날
강풍이 불어와 절벽 아래로 떨어졌으나
정신병원 침대에 누운 자신을 발견했다

의혹이 지뢰처럼 널려 있는 세상에는
참은 깊숙이 숨겨져 있고
거짓은 버젓이 드러나 있다면서
동료가 전별 인사를 건네며 떠나던 밤
뇌에서는 흑백 영화가 상영되었는데
진위를 깨뜨리고 넘어서야 한다는
메아리가 귓속에서 이명처럼 울렸다

7. 금강에서

금강은 흐르고 흘러서
끊이지 않는 기쁨이었다
친구들과 헤엄치다
강변에 누워
구름에 가린 해님이 나오길 기다렸다
파란 노래가 울려 퍼지는
강물엔 고기 떼가 오르내리며
조개와 다슬기가 숨바꼭질했다
강 건너에서 바람이 불어오면
진달래가 분홍빛 얼굴을 흔들어
조약돌은 반짝이는 미소를 지었다
*
금강은 멈추고 멈춰서
고이고 쌓인 슬픔이었다
목선이 깊은 강을 가르고
뱃머리에 앉아서
수몰된 보리밭을 눈에 그렸다
깊은 수심이 가득 어린
강은 고향땅을 견고하게 묻어
학교와 운동장도 보이질 않았다

사람들은 뿔뿔이 떠나갔고
대청댐이 거인처럼 울부짖어
금강은 부서지며 슬픔을 토해냈다

8. 거짓말

거짓말은
마냥 불안하여
어쩔 줄 몰라 하며
가슴이 두근거리기도 한다

거짓말은
진실을 찍어 누르지만
어디로 튈지 모르는 럭비공처럼
갈팡질팡 겁을 먹는다

거짓말은
양심을 저버렸기에
진실의 단두대 앞에서
무릎을 꿇고 참회한다

9. 진실은 살았는가

권력이 교만하여
거짓이 풍미하는 세상
진실은 숨지 않고 살았는가

권력이 거만하여
거짓이 활개 치는 시대
진실은 떨지 않고 살았는가

권력이 오만하여
거짓이 짓누르는 나라
진실은 죽지 않고 살았는가

10. 선죽교에서

법과 정의를 흔드는
칼바람이 선죽교에 불며

싸늘한 미소를 머금은
가을 여자가 유혹했다

우리 한세상
편하게 살면 어떻소?

*

법과 정의를 지키는
솔바람이 선죽교에 불고

담담한 표정을 지으며
겨울 남자는 대답했다

우린 한세상
편하게 살진 않겠소!

11. 코로나 19

죽은 새가 날아오르며
저주의 그림자가 찾아오고

거리에 소문이 떠돌아
누군가 입에 재갈을 물리다

불안한 영혼은 쓰러져
가쁜 숨을 가누다 사라지고

우한을 짓밟은 코로나
신천지 정복의 길에 나서다

12. 눈이 내리는 날은

눈이 내리는 날은
눈사람을 만들며
두 볼이 빨개지던
동생이 보고 싶다

눈이 쌓이는 날은
울타리에 앉아서
작은 날개를 접은
참새가 보고 싶다

눈이 내리는 날은
동생이 보고 싶고
눈이 쌓이는 날은
참새가 보고 싶다

13. 달리 말했다

경기가 바닥을 긁어
시름은 깊어만 갔다
코로나까지 극성을 부리는데
경제가 나아지고 좋아졌다고
무심한 동무가 한심스레 말했다
*
불황은 멈추지 않아
걱정은 늘어만 갔다
코로나까지 고통을 안기어서
삶은 벼랑 끝에 서 있다고
불안한 친구가 걱정스레 말했다

14. 우한에서

코로나여!
우한은 괴롭다
창카이가 쓰러져서

이번 생에서 내가 사랑하고
나를 사랑해줬던 사람이여!
이제 모두 안녕, 영원히 안녕!

창카이가 사라져서
우한은 서럽다
코로나여!

신문기사를 읽고 (2020. 2. 19)

15. 팔은 부러졌는데

팔은 부러졌는데
부지런히 달렸다
공은 달아났다가
발끝으로 다가와
열정에 젖은 몸은
잔디 위를 날았다
*
팔은 부러졌어도
골문으로 달렸다
공은 뛰어다니다
발끝으로 돌아와
지구를 닮은 공도
골문으로 날았다

T.V를 보고 (2020. 2. 22)

* 20.2.16 토트넘 손흥민 선수가 에스턴 빌라 원정
  경기에서 오른쪽 팔이 전반전에 골절되었으나,
  후반 추가 시간에 극장골을 꽂아 3-2로 승리했다.

16. 바이러스에 뚫려서

어디서 은밀히 나타났는지
바이러스가 저주의 왕관을 쓰고
폭군이 될 줄은 몰랐다
권력과 공안이 재갈을 물려
커다란 나라가 넘어졌으니
누군가는 혹시 알았으리라
크게 탄식하며 울부짖을 줄을
                    *
어디서 슬며시 날아왔는지
바이러스에 푸르른 하늘이 뚫려
한숨 쉴 줄은 몰랐다
방역은 모범이라고 자랑하여
고요한 나라가 무너졌으니
누군가는 혹여 알았으리라
깊이 후회하며 눈물 흘릴 줄을

17. 타지키스탄의 고려인

재래시장에서
그녀가 보조개 미소를 지으며
가지와 오이 반찬을 가리켰다
한국어로 말해주는
타지키스탄의 하늘에는
그녀가 웃고 있었다
                    *
이국에서 살아온
그녀의 어머니는 슬픈 고려인
고향이 그리워 노래를 불렀다
한국어로 노래하는
타지키스탄의 하늘에는
어머니가 울고 있었다

18. 뜨거운 가슴으로

봄이 왔다고
크게 소리친다고
봄이 온 것은 아니다
뜨거운 가슴으로 맞이해야
열락의 봄이 오는 것이다
*
사랑한다는
말을 많이 한다고
사랑하는 것은 아니다
뜨거운 가슴으로 맞이해야
진정으로 사랑하는 것이다

19. 할머니의 봄

코로나가
먼 나라에 와서도
기승을 부리고

사람들은
약국 앞에 긴 줄 서
마스크를 사고 있다
*
할머니는
거친 흙을 고르며
꽃모종을 심고

꽃이 피는
대구의 거리에서
적막은 떠나고 있다

20. 그리워서 사랑이다

마주치던 눈동자
빛나는 사랑이 그립다

젊은 날에 별빛처럼 빛나고
늙은 날엔 아프게 그립다

사랑은 빛나서 사랑이다
사랑은 그리워서 사랑이다
*
반짝이던 눈동자
불타는 사랑이 그립다

맑은 날에 꽃불처럼 불타고
흐린 날엔 서럽게 그립다

사랑은 불타서 사랑이다
사랑은 그리워서 사랑이다

21. 대숲에서

사랑을 잃고 괴로울 땐
대숲을 지나가는 바람소릴 들으리
홀로 견디며 나아가는 거라고
말하고 있는 듯이 대숲은 조용했지
*
가족을 잃고 외로울 땐
대숲을 스쳐가는 바람소릴 들으리
모두 지나가고 잊혀 질 거라고
속삭여 주는 듯이 대숲은 고요했지

22. 음압병실에서

설마 했는데
바이러스 달라붙어
확진 판정 받아 아뜩하다

코로나 시대
방역 자화자찬하니
음압병실에서 울적하다

오래 살았다
저승사자 재촉하니
눈 감아 세상 떠나가리다

23. 둘이 별이다

밤하늘
멀리 있어도
어느 별 하나가
반짝이며 빛나고 있다

밤마다
저 별 다가와
정답게 속삭여
혼자라도 외롭지 않다

벗이여
그대 빛나고
눈동자 빛나니
우주에서 둘이 별이다

24. 봄은 오건만

매화가 겨울을 뚫어도
다가오는 봄은 외롭다

산수유가 미소 지어도
실려 오는 봄은 괴롭다

개나리가 활짝 웃어도
밀려오는 봄은 아프다

광란의 코로나가 덮쳐
달려오는 봄은 슬프다

25. 불신

믿지 못한다면
마음을 열 수 없어
친구라도
정을 나눌 수가 없다

믿지 않는다면
말을 건넬 수 없어
동지라도
가까이 다가갈 수 없다

믿을 수 없다면
함께 할 수 없어
임이라도
사랑을 노래할 수 없다

26. 우정

기억의 산을 넘어
추억의 강을 건너서
아주 먼 훗날이라도
찾아와 준다면
기뻐 눈물을 흘리리다

오는 날이
언제일지 모르겠지만
허리가 굽어지고
백발이 흩날리더라도
기뻐 노래를 부르리다

오는 그날은
지팡이를 짚고 걷더라도
병이 깊어 누웠더라도
맨발로 뛰어 나가
기뻐 춤을 추리다

Ⅳ. 눈물 흘리며 떠났다

1. 꽃씨

씨를 심으며
어린 날처럼
낙원을 꿈꾸다

꽃을 피우며
젊은 날처럼
사랑을 그리다

씨를 거두며
늙은 날처럼
추억에 잠기다

2. 대청호에서

하얀 벚꽃 날리는
호수는 낯선 듯
푸른 몸을 뒤척였다

참고 달래던 향수
고향길 걸으며
그립다 울먹이었다

*

늙은 몸 돌아갈 날
얼마 남지 않아
가쁜 연어로 달렸다

물속 헤매던 향수
고향집 그리며
추억에 몸살 앓았다

3. 목련꽃

햇살의 걸작인지
목련꽃 화사하게 피었다

목련꽃 현란하여
누군가 봄의 찬가 불렀다

바람의 유작인지
목련꽃 애절하게 지었다

목련꽃 애잔하여
누군가 봄의 애가 불렀다

4. 춘삼월

춘삼월 초저녁
보름달 빛나다

대낮 같이 밝아
삽사리 뛰놀고

아가 얼굴처럼
복덩어리라고

떠나신 어머니
겨우내 그리워

동편 하늘에서
미소 지으시다

5. 남북대결

남쪽에서 유도 선수
투지를 불태워
금메달을 따고 싶다

북쪽에서 유도 선수
의욕을 불살라
금메달을 따야 한다

숙명적인 한 판 승부
군복무 면제냐
탄광노역 저지냐다

　　　　　신문 기사를 읽고 (2020. 4. 11)

6. 낙원

해가 떠서 질 때까지
사슴이 풀을 뜯으며
숲속을 뛰어 다니고

영창에 달빛이 가득
등잔불 심지 돋우는
오두막집 한 채 있다

솔바람이 불어오는
햇살 고운 마당에서
사내는 장작을 패고

숲속에 꾀꼬리 노래
물 항아리 이고 오는
여인은 미소를 짓다

7. 충격

지구에 소행성이 떨어져
거대한 공룡이 멸종했다

히틀러가 선거에 이기며
유럽이 전쟁에 휘말렸다

진주만을 공격한 섬나라
원자폭탄 맞고 항복했다

코로나가 몸에 달라붙어
세계가 힘없이 무너졌다

8. 양상군자

태초에
남의 물건
훔치는 일은
누가 알았을까

굶주려
양심 던져
살기 위하여
몰래 먹었을까

욕심이
부끄러워
눈을 감으며
슬쩍 가졌을까

9. 두 노인

산골 초가에서
긴 세월을 살아온
고고한 노인
팔십 해의 겨울날 아침
추위를 참으며
가부좌 틀고 있다
*
마을 입구에서
긴 세월을 지켜온
큰 느티나무
이백 해의 겨울날 저녁
추위를 견디며
맨몸으로 서 있다

10. 비 오는 날은

소낙비 소리
댓돌을 두드리며
꿈결처럼 들려오다

낙숫물 따라
윤사월 송홧가루
어디론가 흘러가다

비 오는 날은
커피를 끓여 주던
시집 간 딸 보고 싶다

11. 마라톤

10킬로미터
숨차서 쉬어야 하지만
겨우 초반이라며 뛰라 하네

25킬로미터
가빠서 멈춰야 하지만
아직 중반이라며 뛰라 하네

40킬로미터
벅차서 포기해야지만
이제 골인이라며 뛰라 하네

12. 젖은 눈을 감다

일자리를 잃고
사랑하는 자녀에게
장난감을 선물할 수 없다면
하늘이 무너지는 심정이라서
한창 일할 젊은 구직자
우뚝 솟은 빌딩 아래서
고개 돌려 젖은 눈을 감다

        *

일자리가 없어
사랑하는 자녀에게
대학 등록금을 줄 수 없다면
땅이 꺼져버리는 심정이라서
바싹 마른 늙은 노숙자
헐어 버린 폐가 앞에서
고개 떨궈 젖은 눈을 감다

13. 훈장처럼

가난이 묻어 있는
눅눅한 벽에
곰팡이가 훈장처럼 피었다

며칠째 굶어
구멍가게에서
빵을 훔쳐 먹으며 눈물 흘렸다

참회하며
구수한 땀 흘리는
복싱 체육관을 찾아 뛰었다

10라운드를 버티며
눈두덩은 붓고
이마는 훈장처럼 찢어졌다

　　　　　　　　신문기사를 읽고(2020. 5. 20)

14. 떠나가리다

정년퇴직 후
늙었다지만 아직은 젊은 경비원
밑바닥 인생이라 하여도
가족이 먹고 살 수 있다면
무엇인들 못 하리요만
거대한 아파트 입주자
나이 어린 망나니 하나
주먹을 휘두르며
폭력은 그칠 줄 몰라
멀리서 누군가 날 부르니
미련 없이 떠나가리다

신문기사를 읽고(2020. 5. 24)

15. 우리는 기억하네

하늘에 떠 있는
마천루 쌍둥이 빌딩
폭음과 함께 무너져 내려
삼천 여 무고한 생명 나란히 누웠네

월드트레이드센터가 서 있던 자리
깃발은 평화로이 나부끼며
싱싱한 장미 한 송이 햇빛에 빛나네

사랑도 증오도 스러진 날
가슴 아프게 기억하지만
고인의 태어난 날
우리는 똑똑히 기억하네
　　　9.11 관련 신문기사를 읽고(2020. 5. 27)

16. 피눈물을 흘리니

어두운 지하 감옥에서
신음 소리 진동하며
피눈물을 흘리니
간신에게 짓밟히는
충신의 슬픈 얼굴을
그대는 보았는가!

    *

깜깜한 지하 무덤에서
한숨 소리 가득하며
피눈물을 흘리니
거짓에게 핍박받은
진실의 아픈 소리를
그대는 들었는가!

17. 마스크가 날아다녔다

신이 내린 형벌일까
보이지 않는 종자가 가득 퍼졌다

노인들은 눈을 감지 못하고
먼 길을 홀로 떠났다

마트나 공원에 나갈 때는
마스크를 입에 달고 다녔다

중세의 하늘 아래를 헤매는 듯
좁은 길목으로 모두 빨려 들어갔다

웃음소리가 사라진 거리에서
눈송이처럼 마스크가 날아다녔다

18. 서럽게 울었다

차가운 방아쇠를 당길 때
눈부신 태양이 깜박였다
숲에서 새들이 날아오르며
비명 소리가 길게 들려왔다

하늘로 오르지 못한
날개 꺾인 새가 울부짖었고
검붉은 부리로 땅바닥을 후비며
새는 저주의 주문을 걸었다

총소리에 놀라 달아났던
새들이 푸른 피를 빨아서
역병이 유령처럼 도처에 퍼지며
중생이 숨을 멈추었다

곡소리가 들려오는
공원묘지에 긴 어둠이 찾아와
죽은 새가 밤새도록 흐느꼈고
죽지 않은 새가 서럽게 울었다

19. 겨우 한 줌뿐인데

살다 가면은
한 줌 재인 것을
드세게 사는 것도 좋지만
원수처럼 싸울 일은 아니다
육신도 욕망도 스러지며
겨우 한 줌뿐인데

*

죽어 가면은
한 줌 흙인 것을
억세게 사는 것도 좋지만
짐승처럼 다툴 일은 아니다
사랑도 미움도 사라지며
겨우 한 줌뿐인데

20. 진실이 죽는다면

날마다
거짓이 똬리를 틀고
불길한 음모가 도사리다

달마다
폭력이 고개를 들고
불순한 책동이 발호하다

해마다
선동이 앞장을 서고
불량한 정치가 준동하다

영원히
독재가 미소를 띠고
부패한 권력이 춤을 추다

21. 허허벌판에서 보았지

포성이 울려 퍼지는 들판에서
유월의 하늘은 시리도록 푸르렀지만
소녀의 눈동자엔 먹구름이 가득했지

부모님은 어디론가 끌려가고
어린 동생은 배고파 울다 지쳐
고개를 젖혀 깊이 잠들었지

자욱한 포연이 가라앉고
군화발자국이 지나간 들판에서
동생을 업은 소녀는 보았지

모두가 떠나간 허허벌판에서
시체처럼 누운 무수한 들꽃을
소녀는 눈물 떨구며 보았지

22. 그대는 아는가

동방의 작은 나라에서
자유냐 적화냐 험악하게 부딪쳐
조용한 아침의 나라는 무너져 내렸다
인간의 가슴에 총부리를 겨누어
주검의 목소리는 세계를 흔들었다

무더운 여름과 쌀쌀한 가을이 가고
추운 겨울과 따듯한 봄이 다시 가도
포탄으로 찢어진 고지를 밟으려고
지루한 전쟁의 끝이 보이는데도
하나 밖에 없는 생명을 꽃잎처럼 날렸다

누군가 잊는다하여도
지나가는 바람이여, 그대는 아는가!
죽음이 기다리고 있는 저 고지를
흘러가는 구름이여, 그대는 아는가!
주검이 쌓이고 있는 저 고지를

23. 3일 천하

젊은 그대
무엇을 바랐는가
푸른 하늘을 그리며
개혁을 꿈꾸었지

젊은 그대
어떻게 되었는가
검은 하늘을 걷어내
정변을 일으켰지

젊은 그대
무엇을 이뤘는가
붉은 하늘이 덮쳐와
삼일의 꿈이었지

24. 응원 중독자

처음부터 몰입한 것은 아니었다
돈도 안 되는
아니 돈이 빠져나가는
응원에 푹 빠진 것은 아니었다
어쩌다가 호랑나비를 만나
완장을 찬 이후였으리라
작은 음식점을 운영하면서
조금씩 모은 돈으로
얼굴에 태극기를 페인팅해서
소리 높여 "대~ 한민국"을 외치며
해외 원정 응원에 열을 올렸고
축구공이 보름달처럼 가슴에 들어와
지구를 집안처럼 돌아다닌
그는 열렬한 응원 중독자였다

신문기사를 읽고(2020. 7. 13)

25. 엔니오 모리코네

세상을 떠나기 전에
그는 부고를 자신이 직접 썼다
총이 불을 뿜기 전에도
음악이 먼저 분위기를 띄웠다
생사를 건 숨 막히는 정오
목이 바싹 타는 결투 장면에서
음악은 긴박했고 구슬펐다
악당은 총을 꺼내기도 전에
무릎을 꿇다가 쓰러졌다
사나이가 총을 거둬들이며
갈색 말을 타고 떠날 때
황혼 무렵 황야는 아득했고
흐르는 음악은 영혼을 흔들었다

신문기사를 읽고(2020. 7. 14)

26. 눈물 흘리며 떠났다

그는 흐느끼지 않고
머나먼 저 세상으로
눈물 흘리며 떠났다

칠십도 안 되었는데
암이 또다시 찾아와
눈물 흘리며 떠났다

그는 소리 내지 않고
어두운 저 세상으로
눈물 흘리며 떠났다

V. 눈시울이 뜨겁다

1. 신발을 벗어 던졌다

모두가 용기가 없어
던질 수는 없었지만

두려워서 침묵할 때
상식이 사라졌다며

누군가 용기를 내어
신발을 벗어 던졌다
*
아무도 용기가 없어
던질 수는 없었지만

무서워서 움츠릴 때
원칙이 무너졌다며

누군가 용기를 내어
신발을 벗어 던졌다

2. 동백꽃

푸른 수평선에서
바닷바람 불어와
그리움이 사무치다

거센 파도 넘쳐도
언제나 푸른 마음
정열은 불타오르다

가슴에 묻은 사랑
그립고 보고파서
동백은 붉게 물들다

3. 꽃은 생명이다

꽃이 날리면
전장의 군인처럼
생명이 스러지는 거다

꽃을 꺾으면
넘치는 욕망으로
생명을 끊으려는 거다

꽃이 지면은
자연으로 돌아가
생명을 마치려는 거다

4. 하얀 눈이 내리면

머나먼 옛날처럼
하얀 눈이 내리면

냇물을 따라가며
친구를 찾아가고

강물에 흘러가며
첫사랑 기억하고

바다에 출렁이며
추억이 피어나고

그리운 옛날처럼
하얀 눈이 내리면

5. 바람은 말했지

권력의 날개를 달고
거짓이 들녘을 날아다니면
풀잎은 고개를 숙이지만
들녘을 지나는 바람은
거짓의 날개가 허약해서
추락할 거라고 말했지
*
독재의 날개를 펼쳐
거짓이 하늘을 휘젓는다면
나무는 허리를 굽히지만
하늘을 스치는 바람은
거짓의 날개가 부러져서
추락할 거라고 말했지

6. 라면 형제

어찌된 일인지
엄마는 종일 뵈지 않았다

두 형제는 질리더라도
라면을 매일 삶아 먹곤 했다

어찌된 일인지
집이 새빨갛게 타올랐다

투명인간처럼
두 형제는 붕대를 감고 누웠다

신문기사를 읽고 (2020. 9. 27)

7. 20년이 흘러서

있어서는 안 되겠지만
젊은 나이에
날벼락처럼 뒤집어쓴
살인 누명

있을 수가 없겠지만
거짓을 사실로 꾸며
경찰도 검찰도 법원까지도
진실을 짓밟고

있을 수야 있겠지만
진실은 들려왔다
희망도 절망도 사라진
20년이 흘러서

신문기사를 읽고 (2020. 9. 27)

8. 폐 한 엽도

젊은 날
술을 퍼마시며
세월을 허송하여

늙은 날
인과응보처럼
암이 찾아왔다

꿈처럼
저승사자님을
멀리 쫓아냈다

육십 년
죽도록 고생한
왼쪽 폐 한 엽도

9. 하나가 되었다

보름달 같은
둥근 공을 주고받으며
한국인이 골망을 흔들었다

함성이 울려 퍼지고
피부색이 다른 셋이 활짝 웃으며
어린 아이처럼 서로 끌어안았다

유럽, 아시아, 아프리카가
프리미어리그 축구 경기장에서
하나가 되었다

10. 과수원에서

실안개가 게릴라처럼
기어오르는 이른 봄부터
어린 나무는 병을 자주 앓았다
저수지에서 피어오른 안개가
적막한 산자락을 더듬으면
노인은 밭고랑을 뛰어다니다
몸살을 앓으며 작업실에 누웠다
태어나 농사짓기는 처음이라서
떨어질 수 없는 한 몸이 되어선
이마와 팔뚝에 굵은 핏줄이 일어섰다

초야의 시간은 흙처럼 느리기도 했지만
자라나는 나무를 닮아서 빠르기도 했다
이름도 모르는 벌레와 전쟁을 치르며
죽어가는 나뭇가지를 움켜쥐는
힘든 시간은 떨어지는 잎사귀처럼 쌓여
속을 끓이며 휘젓는 아픔만큼
노인과 나무의 몸은 단단해졌다

대추가 넘실거리는 가을날

햇볕도 들녘을 바쁘게 걸어와
그들의 몸을 따스하게 데워주었다
바람도 나무 끝에서 춤을 추고
노인의 까만 손이 열매에 얹혀
굳게 다물었던 입이 기쁨으로 열리고
늙은 아내가 아욱국을 끓이는 부엌으로
황혼이 넌지시 다가가고 있었다

(2020. 10. 29)

11. 창궐했다

겨울날 검을 뽑아
큰 나라가 맞붙을 때
코로나가 급속도로 창궐했다

대문을 닫아걸어
암울한 대륙 너머로
경제가 와르르 무너져 내렸다

*

여름날 혀를 놀려
백성들이 갈라질 때
거짓말이 재빠르게 창궐했다

진실을 짓누르는
철면피한 종족이 넘쳐
양심이 우수수 무너져 내렸다

12. 코로나는 말한다

야망이 넘치는
젊은 알렉산더도 아니다
넓은 초원을 달리는
징기스칸도 아니다
험준한 알프스를 넘는
나폴레옹도 아니다
투명인간처럼 보이지 않은 채
세계를 무너뜨린 그는 코로나다

실험실인가
아니면 시장 골목인가
출생지를 따지며 손가락질하다
무릎을 꿇고 눈을 감는다
무지였을까
아니면 부주의였을까
그것도 아니면 욕망이었을까

코로나는 말한다
무지와 부주의와 욕망을 거느리고
세계를 돌아다니고 있다며

덧붙여 말한다
자신은 결코 죽지 않으며
다만 사라질 뿐이라고
언젠가는 다시 나타날 거라며
또다시 말한다
그대여!
만물의 영장이라며 자만하지 말고
바라건대 자성하라고

13. 바람 앞에서

바람 앞에서 고함을 지르며
허상이 춤추고 있다

고요한 나라가 시끄러워
나라 같지 않은데

분열의 광장에서
망나니들이 춤추고 있다
*
바람 앞에서 괴성을 지르며
허망이 날뛰고 있다

아침의 나라가 어지러워
나라답지 않은데

위선의 거리에서
위정자들이 날뛰고 있다

14. 웃으며 사는 거라고

어떻게 사느냐고 묻는다면
주저 없이 말하리라
웃으며 사는 거라고

꿈과 희망도 멀리 달아나고
고난이 닥치더라도
웃으며 사는 거라고

주름진 얼굴을 찡그린다고
좋아지는 일은 없으니
웃으며 사는 거라고

15. 거북은 잊었는지

이름 모를 사막에서
거북은 돌봄도 없이 태어나
깜깜한 둥지를 뚫고 나와
모래톱을 헤쳐 나가며
바다를 향하여 본능적으로 달리다

살기 위하여 전력을 다한 질주
하늘을 나는 솔개가 낚아채고
해변을 뛰어다니는 까마귀가 쪼아대고
개펄 구멍에서 나온 게가 끌고 가다

그들의 거친 발톱을 벗어나더라도
바다에서 다시 포식자의 먹이가 되어
살아남을 확률은 천분의 일
아, 살아남은 거북은 까맣게 잊었는지
가혹한 죽음의 질주를 대물림하다

16. 코피노

이국땅에서
한 여인과 인연을 맺어
오순도순 살다
고국으로 돌아오는 날
다시 온다고 말하곤
남국을 떠나왔다

세월 흘러
눈앞에 홀연히 나타난
자신의 분신
모른다며 외면하니
머나먼 이국에서
사랑은 한낱 거짓이었다

신문기사를 읽고(2020. 12. 15)

17. 침묵하시라

굳이 자신을 칭찬한다면
자식 보기에 남세스럽다
칭찬이 족쇄가 되는데도
기어코 자화자찬한다면
세상 살기가 민망스럽다

칭찬은 돌을 보듯 하시고
굳이 칭찬받길 원한다면
가벼운 입을 닫을 일이다
어린 그대여, 침묵하시라
멀리서 칭찬 들려오리라

18. 그대 생각에

목련꽃이 떨어지면
첫사랑 그대 생각에
고샅길을 거닌다

봄비가 내려
눈물인지 빗물인지
눈가를 적신다

*

은행잎이 떨어지면
옛사랑 그대 생각에
오솔길을 걷는다

낙엽은 지고
아픔인지 슬픔인지
눈가가 젖는다

19. 믿는다면

죽음도 삶의 일부라면
쉽게 동의하기 어렵지만
믿는다면 낙관론자일까요

죽음은 삶의 끝이고
영원히 사라지는 거라고
믿는다면 비관론자일까요

삶은 곧 죽음이고
죽음은 곧 삶이라고
믿는다면 소피스트일까요

20. 눈시울이 뜨겁다

가위 눌린 듯
전동차가 달려와
젊음을 채어가 눈시울이 뜨겁다

그가 떠난 자리
분신 같은 낡은 가방
컵라면이 있어 눈시울이 뜨겁다

아들 같은 청년
하늘에서 고깃국 먹으라고
시민이 글을 써 눈시울이 뜨겁다

돌아오지 못하는
천국으로 떠난 다음날
청년의 생일이라서 눈시울이 뜨겁다

신문기사를 읽고(20. 12. 26)

21. 집으로 갔다

근심걱정이 많아
인생이 바위처럼 무거웠다

살아가노라면
슬픈 날이 많아 대취했다

하늘이 어지러워
비틀거리며 대지에 누웠다

그래도 살아 보려고
깨어 일어나 집으로 갔다

22. 지팡이의 용도

나이 육십이라도
영국 신사는 모자를 쓰고
지팡이를 짚는답니다

아침의 나라에서
지팡이를 짚고 나선다면
불구자인가 바라본답니다

나이 구십이어도
아직 사지가 멀쩡해서
지팡이는 필요 없답니다

두 다리가 건장해서
지팡이는 머리맡에 두고
외로움을 달래겠답니다

23. 세한도

창고 같은 작은 집 한 채
한겨울 앙상한 소나무
추사는 북쪽 하늘 바라보는데
깊은 뜻을 어찌 알 수 있으랴

유배지 제주도에서 태어나
먼 대륙과 섬나라에 머물다
한반도에 다시 돌아오니
그 품격이 어찌 높지 아니하랴

제자에게 그려준 세한도
한파가 밀려오고
세파에 시달려 앞날이 막막하여도
그 겨울이 어찌 따듯하지 않으랴

24. 먹어야 살지요

밥은 먹어야
살아서 웃을 수 있지요
굶어 죽느냐
코로나에 걸려 죽느냐
하날 선택하라면
아픔 보다는
굶어 죽는 것이 더 싫지요

삶은 끈질기므로
주먹밥이라도 얻어
담벼락 앞에 쪼그려 앉아
꾸역꾸역 먹는다면
황혼이 물드는 서산으로
저무는 한 해 너머로
큰 걱정 하나는 사라지지요

25. 겨울 나그네

사랑을 잃은 그대
눈발이 날리는 겨울날
무거운 발걸음을 옮겨
어디로 떠나가는지요

낡은 외투 주머니에
두 손을 찔러 넣고
끝이 없는 길을
외롭게 떠나가는지요

이름처럼 춥고 쓸쓸한
겨울 나그네여!
알프스 산 너머
사랑 찾아 떠나가는지요

26. 속이 까맣게 타는데

춥다며 자리에 누워서
일어나기 싫다고 푸념하면
복에 겨운 소리다
가난하고 가난한 사람은
일자리를 잃어
두 어깨가 처지고
속이 까맣게 타는데

*

가족과 식탁에 앉아서
오붓한 시간을 보낸다면
복이 넘치는 거다
곤궁하고 곤궁한 사람은
일자리가 없어
발걸음이 무겁고
속이 까맣게 타는데

그리워서 사랑이다

2022년 8월 초판 인쇄
2022년 8월 초판 발행

지 은 이   김영호
펴 낸 이   정연태
펴 낸 곳   정문사
등록번호   2002. 2. 21(제25100-2002-7호)

주   소   충북 청주시 상당구 상당로 144번길 28
전자우편   goho4@hanmail.net
전화번호   043) 223-2389
팩   스   043) 224-2389

ⓒ 김영호 2022. Printed in Cheongju, Korea
ISBN 978-89-93892-85-7 03800